하늘은
맑건만

하늘은 맑건만

현덕 소설

이지연 그림

창비

차 례

일러두기

1. 표기는 현행 맞춤법에 따르되 작가만의 독특한 어휘나 사투리 등은 그대로 살렸습니다.
2. 어려운 낱말에는 ● 표시를 붙여 본문 아래쪽에 뜻풀이를 달았습니다.

하늘은 맑건만

어... 어디 갔지?

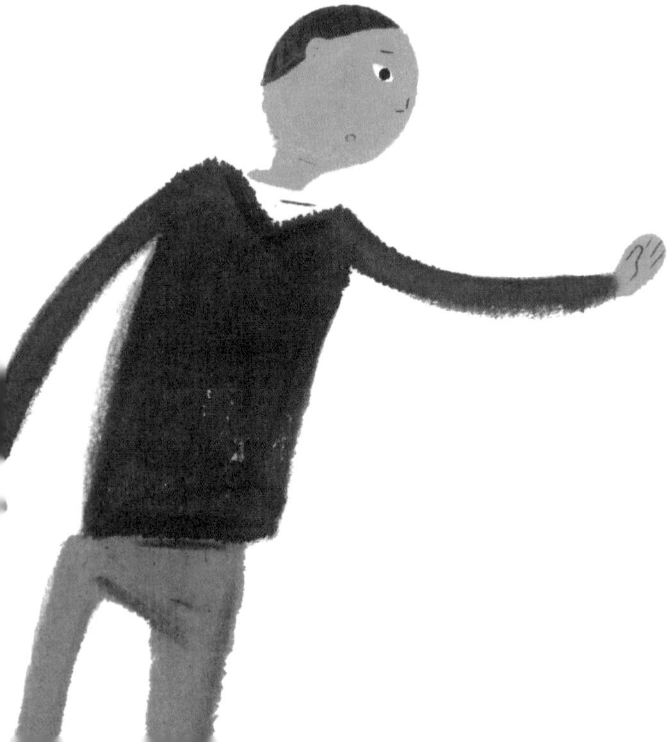

중문 안 안반● 뒤에 숨기어 둔 공이 간 데가 없다. 팔을 넣어 아무리 더듬어도 빈탕이다. 문기는 가슴이 두근거리기 시작하였다.

'혹 동네 아이들이 집어 갔을까?'

● **안반** 떡을 칠 때 쓰는 나무판.

도리어 그랬으면 다행이다. 만일에 그 공이 숙모 손에 들어가기나 했으면 큰일이다.

문기는 아무 일 없는 태도로 전일과 다름없이 안마당에서 화초분에 물을 준다. 그러면서 연해 숙모의 눈치를 살핀다. 숙모는 부엌에서 저녁을 짓는다. 마루로 부엌으로 오르고 내릴 때 얼굴이 마주치는 것이나 문기는 자기를 보는 숙모 눈에 별다른 것이 없다 싶었다. 문기는 차츰 생각을 고친다.

'필시 공은 거지나 동네 아이들이 집어 갔기 쉽지.
그렇잖으면 작은어머니가 알고 가만있을 리 있나.'

조금 후 문기는 아랫방으로 내려갔다.

그리고 책상 서랍을 열어 보았을 때 문기는 또

좀 놀랐다. 서랍 속에 깊숙이 간직해 둔 쌍안경이 보이질 않는다. 그것뿐이 아니다. 서랍 안이 뒤죽박죽이고 누가 손을 댔음이 분명하다.

'인제 얼마 안 있으면 작은아버지가 회사에서 돌아오시겠지. 그리고 필시 일은 나고 말리라.'

문기는 책상 앞에 돌아앉아 책을 펴 들었다.

그러나 눈은 아물아물 가슴은 두근두근 도시● 글이 읽어지질 않는다.

며칠 전 일이다. 문기는 저녁에 쓸 고기 한 근을 사 오라고 숙모에게 지전 한 장을 받았다. 언제나

● **도시** 도무지.

그맘때면 사람이 붐비는 삼거리 고깃간이다. 한참을 기다려서 문기 차례가 왔다. 문기는 지전을 내밀었다. 뚱뚱보 고깃간 주인은 그 돈을 받아 둥구미•에 넣고 천천히 고기를 베어 저울에 단 후 종이에 말아 내밀었다. 그리고 그 거스름돈으로 지전 아홉 장과 그 위에 은전 몇 닢을 얹어 내주는 것이 아닌가. 문기는 어리둥절하였다. 처음 그 돈을 숙모에게 받을 때와 고깃간 주인에게 내밀 때까지도 일 원짜리로만 알았던 것이다. 문기는 돈과 주인을

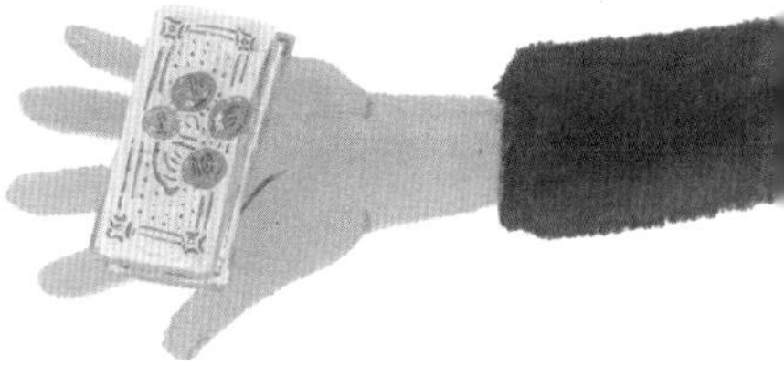

• **둥구미** 짚으로 만든 그릇.

의심스레 쳐다보았다. 허나 그는 다음 사람의 고기를 베느라 분주하다. 문기는 주뼛주뼛하는 사이 사람에게 밀려 뒷줄로 나오고 말았다. 그러나 다시 생각하면 정말 숙모가 일 원짜리를 준 것인지 아닌지 모르겠다. 아니라면 도리어 큰일이 아닌가. 하여튼 먼저 숙모에게 알아볼 일이었다. 문기는 집을 향해 돌아가면서도 연해 고개를 기웃거리며 그 일을 생각하였다. 내가 잘못 본 것인가, 고깃간 주인이 잘못 본 것인가 하고.

골목 모퉁이를 꺾어 돌아섰다. 서너 간● 앞을 서서 동무 수만이가 간다. 문기는 쫓아가 그와 나란히 서며

● **간** 길이의 단위. 한 간은 약 1.8미터에 해당한다.

"너 집에 인제 가니?"

하고 어깨에 손을 걸고

"이거 이상한 일 아냐?"

"뭐가 말야?"

"고길 사러 갔는데 말야. 난 일 원짜리로

알구 냈는데 십 원으로 거슬러 주니 말야."

"정말야? 어디 봐."

문기는 손바닥을 펴 돈과 또 고기를 보였다. 수만이는 잠시 눈을 끔벅끔벅 무슨 궁리를 하는 듯 문기 얼굴을 보고 섰더니

"너 이렇게 해 봐라."

"어떻게 말야?"

"먼저 잔돈만 너이 작은어머니에게 주거든."

"그리고 어떡해."

“그리고 아무 말 없거든 내게로 나와. 헐 일이 있으니.”

“무슨 헐 일?”

“글쎄, 그러구만 나와. 다 좋은 일이 있으니.”

마침내 문기는 수만이가 이르는 대로 잔돈만 양복 주머니에서 꺼내 놓았다. 숙모는 그 돈을 받아 두 번 자세히 세 보고 주머니에 넣고는 아무 말 없이 돌아서 고기를 씻는다. 그래도 문기는 한동안 머뭇머뭇 눈치를 보다가 슬며시 밖으로 나갔다. 그리고 문밖엔 수만이가 이상한 웃음으로 그를 맞이하였다.

수만이가 있다던 좋은 일이란 다른 것이 아니었다. 거리에서 보고 지내던 온갖 가지고 싶고 해 보고 싶은 가지가지를 한번 모조리 돈으로 바꾸어 보자는 것이다.

그러나 문기는

"돈을 쓰면 어떻게 되니."

"염려 없어. 나 하는 대로만 해."

하고 머뭇거리는 문기 어깨에 팔을 걸고 수만이는 우쭐거리며 걸음을 옮긴다.

하긴 문기 역• 돈으로 바꾸고 싶은 것이 없지 않은 터, 그리고 수만이가 시키는 대로 하기만 하면 남이 하래서 하는 것이니까 어떻게 자기 책임은 없는 듯싶었다. 그리고 수만이는 수만이대로 돈은 문

• **역** 또한.

기가 만든 돈, 나중에 무슨 일이 난다 하여도 자기 책임은 없으니까 또 안심이었다. 이래서 두 소년은 마침내 손이 맞고 말았다.

그래도 으슥한 골목을 걸을 때에는 알 수 없는 두려움에 가슴이 두근거리었으나 밝은 큰 한길로 나오자 차차 다른 기쁨으로 변했다. 길 좌우편 환한 상점 유리창 안의 온갖 것이 모두 제 것인 양, 손짓해 부르는 듯했다. 드디어 그들은 공을 샀다. 만년필을 샀다. 쌍안경을 샀다. 만화책을 샀다. 그리고 활동사진 구경도 갔다. 다니며 이것저것 군것질도 했다.

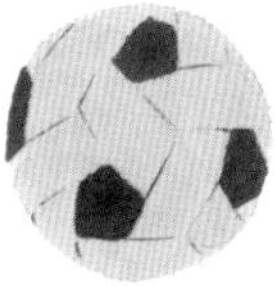

그리고 그 남저지● 돈으로 또 한 가지 즐거운 계획이 있었다. 조그만 환등 기계● 한 틀을 사자는 것이다. 이것을 놀려 아이들에게 일 전씩 받고 구경을 시킨다. 그리고 여기서 나오는 것으로 두고두고 용돈에 주리지 않도록 하자는 계획이다. 하고 오늘 저녁부터 그 첫 착수를 하자는 약조였다.

그러나 이 즐거운 계획을 앞두고 이내 올 것은 오고 말았다. 안방에서 저녁상을 받고 앉았던 삼촌은 문기를 불렀다. 두 번 세 번 문기야, 소리가 아랫방 창을 울린다. 방 안에서 문기는 못 들은 양 대답지 않는다. 그러나 네 번째는 안방 미닫이를 열고

● **남저지** '나머지'의 사투리.
● **환등 기계** 그림이나 사진 따위를 확대해서 막이나 벽에 비추는 기계.

삼촌은

"문기 아랫방에 없니?"

댓돌 위에 신이 놓여 있는데 없는 양 할 수는 없다. 기어이 문기는 그 삼촌 앞에 나가 무릎을 꿇고 앉지 않을 수 없었다. 삼촌은 잠잠히 식사를 계속한다. 그 상 밑에, 안반 뒤에 숨겨 두었던 공이 와 있다. 상을 물릴 임시에● 삼촌은 입을 열었다.

"너 요새 학교에 매일 갔었니?"

"네."

● **임시에** 그 무렵에.

삼촌은 상 밑에 그 공을 굴려 내며

"이거 웬 공이냐?"

"수만이가 준 공예요."

"이것두?"

하고 삼촌은 무릎 밑에서 쌍안경을 꺼내 들었다.

"네."

"수만이란 얼마나 돈을 잘 쓰는 아인지 몰라두

이 공은 오십 전은 줬겠구나.

이건 못 줘두 일 원은 넘겨 줬겠구."

그리고 삼촌은

"수만이란 뭐 하는 집 아이냐?"

문기는 고개를 숙이고 앉아 말이 없다. 삼촌은 숭늉을 마시고 상을 물렸다.

"네 입으로 수만이가 줬다니 네 말이 옳겠지.
설마 늬가 날 속이기야 하겠니.
하지만 남이 준다고 아무것이고 덥적덥적
받는다는 것두 좀 생각해 볼 일이거든."

삼촌은 다시 말을 계속한다.

"말 들으니 너 요샌 저녁두 가끔 나가 먹는다더구나.
그것두 수만이에게 얻어먹는 거냐?"

문기는 벌겋게 얼굴이 달아 수그리고 앉았다. 삼촌은 잠시 묵묵히 건너다만 보고 있더니 음성을 고쳐 엄한 어조로

"어머님은 어려서 돌아가시구
아버지는 저 모양이시구,
앞으로 집안을 일으킬 사람은 너 하나야.
성실치 못한 아이들하고 얼려 다니다
혹 나쁜 데 빠지거나 하면
첫째 네 꼴은 뭐구 내 모양은 뭐냐.
난 너 하나는 어디까지든지
공부도 시키구 사람을 만들어 주려구 앤데
너두 그 뜻을 받아 주어야
사람이 아니냐."

그리고 삼촌은 어떻게 뒤뚝 맘 한번 잘못 가졌다가 영 신세를 망치고 마는 예를 이것저것 들어 말씀하고는 이후론 절대 이런 것 받아들이지 말라는 단단한 다짐을 받은 후 문기를 내보냈다.

문기는 아랫방에 내려와 혼자 되자 삼촌 앞에서보다 갑절 얼굴이 달아올랐다. 지금까지 될 수 있는 대로 생각지 않으려고 힘을 써 오던 그편에 정면으로 제 몸을 세워 놓고 보지 않을 수 없었다. 그러자 자기라는 몸은 벌써 삼촌의 이른바 나쁜 데 빠지고 만 것이었다. 그야 자기는 수만이가 시켜서 한 일이니까 잘못이 없다는 것이지만 당초에 그것은 제 허물을 남에게 미루려는 얄미운 구실이 아니고 뭐냐. 그리고 문기는 이미 삼촌을 속이었다. 또 써서는 아니 될 돈을 쓰고 말았다. 아아, 일찍이 어머니를 여의고 아버지란 사람은 일상 천량만량● 하고 허한 소리만 하면서 남루한 주제에 거처가 없이 시골 서울로 돌아다니는 사람이고, 어려서부터 문기를 길러 낸 사람이 삼촌이었다. 그리고 조카의 장래를 자기의 그것보다 더 중히 알고 염려하며 잘 되어 주기를 바라는 삼촌이었다. 문기도 그 삼촌의 기대에 어그러지지 않는 인물이 되어 보이겠다고 엇그제도 주먹을 쥐고 결심하던 문기가 아니냐. 생각할수록 낯이 뜨거워지는 일이다.

마침내 문기는 공과 쌍안경을 집어 들고 문밖으로 나갔다. 어둑어둑 저물어 가는 한길이다. 문기는 골목으로 들어섰다. 대낮에 많은 사람 가운데서

● **천량만량** 천냥만냥. '노름'을 달리 이르는 말.

거리낌 없이 가지고 놀던 그 공이 지금은 사람이 드문 골목 안에서도 남이 볼까 두려워졌다. 컴컴해질수록 더 허옇게 드러나 보이는 커다란 공을 처치하기에 곤란해 문기는 옆으로 꼈다 뒤로 돌렸다 하며 사람의 눈을 피한다. 쌍안경이 든 불룩한 주머니가 또 성화다. 골목 하나를 돌아서 나올 즈음 문기는 모르고 흘리는 것인 양 슬며시 쌍안경을 꺼내 길바닥에 떨어뜨리었다. 그리고 걸음을 빨리 건너편 골목으로 들어간다. 개천가 앞에 이르렀다. 거기서 문기는 커다란 공을 바지 앞에 품고 앉아서 길 가는 사람이 없기를 기다린다.

자전거가 가고 노인이 오고 동이 뜬• 그 중간을

• **동이 뜨다** 사이가 조금 생기다.

타서 문기는 허옇게 흐르는 물 위로 공을 던져 버리었다. 이어 양복 안주머니에 간직해 두었던 남저지 돈을 꺼내 들었다. 그것도 마저 던져 버리려다가 문득 들었던 손을 멈춘다. 그리고 잠시 둥실둥실 물을 따라 떠나가는 공을 통쾌한 듯 바라보다가는 돌아서 걸음을 옮긴다.

문기는 삼거리 고깃간을 향해 갔다. 그리고 골목으로 돌아가 남저지 돈을 종이에 싸서 담 너머로 그 집 안마당을 향해 던졌다.

그제야 문기는 무거운 짐을 풀어놓은 듯 어깨가 거뜬했다. 아까 물 위로 둥실둥실 떠가던 그 공, 지금은 벌써 십 리고 이십 리고 멀리 떠갔을 듯싶은 그 공과 함께 문기는 자기의 허물도 멀리 사라져 깨끗이 벗어난 듯 속이 후련했다. 그리고

'다시는 다시는.'

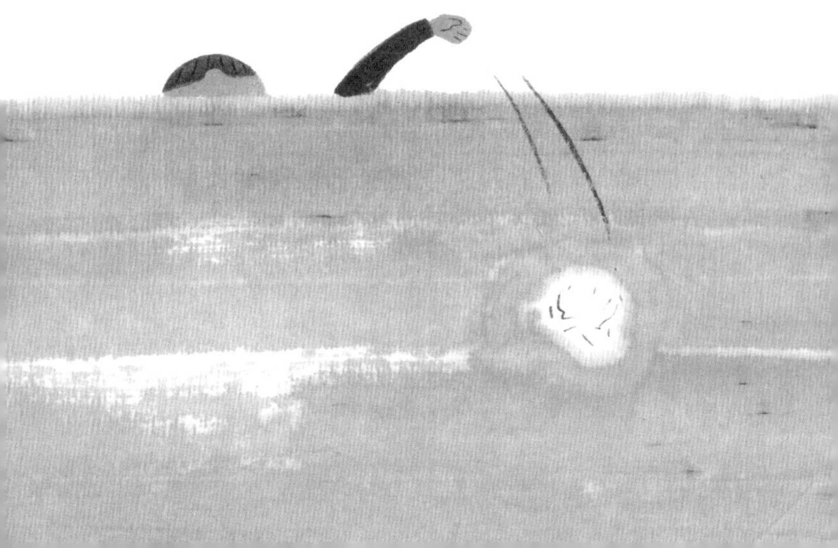

하고 문기는 두 번 다시 그런 허물을 범하지 않겠다고 백번 다지며 집을 향해 돌아간다.

그러나 문기는 그것만으로는 도저히 자기 허물을 완전히 벗을 수 없었다. 그가 자기 집 어귀에 이르렀을 때 뜻하지 않은 것이 기다리고 있다 나타났다.

"너 어디 갔다 오니?"

하고 컴컴한 처마 밑에서 수만이가 튀어나오며 반긴다.

"지금 느이 집 다녀오는 길이다."

그리고 문기 어깨에 팔 하나를 걸고 한길을 향해 돌아서며

"어서 가자."

약조한 환등 틀을 사러 가자는 것이다. 극장 앞 장난감 가게에 있는 조그만 환등 틀을 오고 가는 길에 물건도 보고 금도 보아 두었던 것이다. 그리고 오늘 낮에도 보고 온 것이언만 수만이는

"그새 팔리지나 않었을까?"

하고 걸음을 재촉한다. 문기는 생각 없이 몇 걸음 끌려가다가는 갑자기 그 팔을 쳐 내리며 물러선다.

"난 싫다."

수만이는 어리둥절해 쳐다본다.

"뭐 말야. 환등 틀 사기 싫단 말야?"

"난 인제 돈 가진 것 없다."

"뭐?"

하고 수만이는 의외라는 듯 눈이 둥그레지다가는 금세 능청스런 웃음을 지으며

"너 혼자 두고 쓰잔 말이지? 그러지 말구 어서 가자."

"정말 없어. 지금 고깃간집 안마당으로 던져 주고 오는 길야. 공두 쌍안경두 버리구."

하고 문기는 증거를 보이느라고 이쪽저쪽 주머니를 털어 보이는 것이나 수만이는 흥 하고 코웃음을 친다.

"누군 너만 못 약을 줄 아니?"

그리고 연신 빈정댄다.

"고깃간집 마당으로 던졌다?
아주 핑계가 됐거든."
"거짓말 아니다. 참말야."

할 뿐, 문기는 어떻게 변명할 줄을 몰라 쳐다보기만 하다가 고개를 떨어뜨리고 울상을 한다.

거짓말 아니다. 참말야.

"오늘 작은아버지에게 막 꾸중 듣구.
그리고 나두 인젠 그런 건 안 헐 작정이다."
"그래도 나구 약조헌 건 실행해야지.
싫으면 너는 빠져도 좋아. 그럼 돈만 이리 내."

하고 턱 밑에 손을 내민다.

"정말 없대두 그래."

수만이는 내밀었던 손으로 대뜸 멱살을 잡는다.

"이게 그래두 느물거든."

이런 때 마침 기침을 하며 이웃집 사람이 골목으

로 들어서자 수만이는 슬며시 물러선다. 그러나

"낼은 안 만날 테냐. 어디 두고 보자."

하고 피해 가는 문기 등을 향해 소리쳤다.

이튿날 아침이다. 학교를 가는 길에 문기가 큰 한길로 나오자 맞은편 판장•에 백묵으로 커다랗게 '김문기는' 하고 그 밑에 동그라미 셋을 쳐 '공공공했다' 하고 써 있다. 그리고 학교 어귀에 이르러 삼거리 잡화상 빈지판•에도 같은 것이 쓰여 있는 것이다. 문기는 이번에도 무춤하고 보다가는 얼

• **판장** 널빤지.
• **빈지판** '용지판'의 사투리. 벽이 무너지지 않도록 대는 널빤지.

른 모자를 벗어서 이름자만 지워 버렸다. 그러는 것을 건너편 길모퉁이서 수만이가 일그러진 웃음으로 보고 섰다. 그리고 문기가 앞으로 지나가자

"왜, 겁이 나니? 짓게."

하고 뒤를 오면서 작은 소리로

"그래, 정말 돈 너만 두고 쓸 테냐?
그럼 요건 약과다."

그리고 수만이는 추근추근하게 쫓아다니며 은근히 골리었다.

철봉틀 옆에 정신없이 선 문기를 불시에 다리오

금을 쳐 골탕을 먹게 하였다. 단거리 경주 연습을 하는 척 달음박질을 하다가는 일부러 문기 앞으로 달려들어 몸째 부딪는다. 그리고 으슥한 곳에서 단 둘이 만나는 때면 수만이는

"너, 네 맘대루만 허지. 나두 내 맘대루 헐 테다.
내 안 풍길 줄 아니? 풍길 테야."

하고 손을 들어 꼽는다.

"풍기기만 하면 첫째 학교에서 쫓겨날 것이요,
둘째 너희 집에서 쫓겨날 것이요,
그리고 남의 걸 훔친 거나 일반이니까
또 그런 곳으로 붙들려 갈 것이요."

하고는 또

"풍길 테다."

사실 그다음 시간 교실을 들어갔을 때 문기는 크게 놀랐다. 칠판 한가운데 '김문기는 공공공했다.'가 커다랗게 쓰여 있다. 뒤미처 선생님이 들어왔다. 일은 간단히 선생님이 한 번 쳐다보고 누구 장난이냐, 하고 쓱쓱 지워 버리고는 고만이었지만 선생님이 들어오고 그것을 지우기까지의 그동안 문기는 실로 앞이 캄캄했다.

그러나 수만이는 그것으로 고만두지 않았다. 학교를 파해 거리로 나와서는 한층 심했다. 두어 간 문기를 앞세워 놓고 따라오면서 연해 수만이는

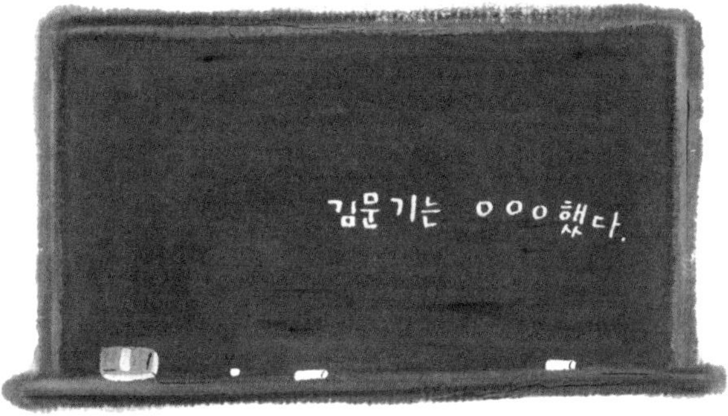

"앞에 가는 아이는 공공공했다지."

그리고 점점 더해 나중엔 도적질을 거꾸로 붙여서

"앞에 가는 아이는 질적도했다지."

하고 거리거리 외며 따라오는 것이다.

문기 집 가까이 이르렀다. 수만이는 문기 앞으로 다가서며 작은 음성으로 조졌다.

"너, 지금으로 가지고 나오지 않으면
낼은 가만 안 둔다.
도적질했다 하구 똑바루 써 놓을 테야."

문기는 여전히 못 들은 척 걸음만 옮긴다. 자기 집 마당엘 들어섰다. 숙모는 뒤꼍에서 화초 모종을 하는지 여기 심어라 저기 심어라 하고 아랫집 심부름하는 아이와 이야기하는 소리가 날 뿐 집 안엔 아무도 없다.

그리고 눈앞에 보이는 붙장• 안 앞턱에 잔돈 얼

마와 지전 몇 장이 놓여 있다. 그리고 문밖엔 지금 수만이가 돈을 가지고 나오기를 기다리고 섰다. 여기서 문기는 두 번째 허물을 범하고 말았다.

● **붙장** 부엌 벽에 붙여 만든 장.

"진작 듣지."

하고 빙그레 웃는 수만이 얼굴에다 뺨을 때리듯 돈을 던져 주고 문기는 달아났다.

급한 걸음으로 문기는 네거리 하나를 지났다. 또 하나를 지났다. 또 하나를 지났다. 걸음은 차차 풀이 죽는다. 그리고 문기는 이런 생각을 하였다.

'자기는 몰래 작은어머니 돈을 축냈다.
그러나 갚으면 고만 아니냐.
그 돈 값어치만큼 밥도 덜 먹고
학용품도 아껴 쓰고 옷도 조심해 입고,
이렇게 갚으면 고만 아니냐.'

몇 번이고 이 소리를 속으로 되뇌며 문기는 떳떳이 얼굴을 들고 집으로 들어갈 수 있을 만한 뱃심을 만들려 한다. 그러나 일없이 공원으로 거리로 돌며 해를 보낸다.

날이 저물어서 문기는 풀이 죽어 집 마루에 걸터앉았다. 숙모가 방에서 나오다 보고

"너 학교에서 인제 오니?"

그리고 이어

"너 혹 불장 안의 돈 봤니?"

하다가는 채 문기가 입을 열기 전에 숙모는

"학교서 지금 오는 애가 알겠니.
참, 점순이 고년 앙큼헌 년이더라.
낮에 내가 뒤껻에서 화초 모종을 내고 있는데
집을 간다고 나가더니 글쎄 돈을 집어 갔구나."

문기는 잠잠히 듣기만 한다. 그러나 속으로는 갚으면 고만이지 소리를 또 한 번 외어 본다.

그날 밤이었다. 아랫방 들창 밑에 훌쩍훌쩍 우는 어린아이 울음소리가 났다. 아랫집 심부름하는 아이 점순이 음성이었다. 숙모가 직접 그 집에 가서 무슨 말을 한 것은 아니로되 자연 그 말이 한 입 건너 두 입 건너 그 집에까지 들어갔고, 그리고 그 집 주인 여자는 점순이를 때려 쫓아낸 것이다. 먼저는 동네 아이들이 모여 지껄지껄하더니 차차 하나 가고 둘 가고 훌쩍훌쩍 우는 그 소리만 남는다. 방 안의 문기는 그 밤을 뜬눈으로 새웠다.

이튿날 아침이다. 문기는 밥을 두어 술 뜨다가는 고만둔다. 그 돈을 갚기 위한 그것이 아니다. 도시 입맛이 나지 않았다. 학교엘 갔다. 첫 시간은 수신[•] 시간, 그리고 공교로이 제목이 '정직'이다. 선생님은 뒷짐을 지고 교단 위를 왔다 갔다 하며 거짓이라는 것이 얼마나 악한 것이고 정직이 얼마나 귀하고 중한 것인가를 누누이 말씀한다. 그리고 안경 쓴 선생님의 그 눈이 번쩍하고 문기 얼굴에 머물렀다 가고 가고 한다. 그럴 때마다 문기는 가

• **수신** 지금의 '도덕' 과목.

슴이 뜨끔뜨끔해진다. 문기는 자기 한 사람에게만 들리기 위한 정직이요 수신 시간인 듯싶었다. 그만치 선생님은 제 속을 다 들여다보고 하는 말인 듯싶었다.

운동장에서도 문기는 풀이 없다. 사람 없는 교실 뒤 버드나무 옆 그런 데만 찾아다니며 고개를 숙이고 깊은 생각에 잠기거나 팔짱을 찌르고 왔다 갔다 하기도 한다. 그러다 누가 등을 치면 소스라쳐 깜짝깜짝 놀란다.

언제나 다름없이 하늘은 맑고 푸르건만 문기는 어쩐지 그 하늘조차 쳐다보기가 두려워졌다. 자기는 감히 떳떳한 얼굴로 그 하늘을 쳐다볼 만한 사람이 못 된다 싶었다.

언제나 다름없이 여러 아이들은 넓은 운동장에

서 마음대로 뛰고 마음대로 지껄이고 마음대로 즐기건만 문기 한 사람만은 어둠과 같이 컴컴하고 무거운 마음에 잠겨 고개를 들지 못한다. 무엇보다도 문기는 전일처럼 맑은 하늘 아래서 아무 거리낌 없이 즐길 수 있는 마음이 갖고 싶다. 떳떳이 하늘을 쳐다볼 수 있는, 떳떳이 남을 대할 수 있는 마음이 갖고 싶었다.

오후 해 저물녘이다. 문기는 책보를 흔들흔들 고개를 숙이고 담임 선생님 집 앞을 왔다가는 무춤하고 섰다가 그대로 지나가고 그대로 지나가고 한다. 세 번째는 드디어 그 집 문 안을 들어서서 선생님을 찾았다. 선생님은 문기를 안방으로 맞아들이었다. 학교에서 볼 때 엄하고 딱딱하던 선생님은 의외로 부드러이 웃는 낯으로 문기를 대한다. 문기는 선생님 앞에 엎드려 모든 것을 자백할 결심이었다. 그런데 선생님의 부드러운 태도에 도리어 문기는 말문이 열리지 않았다. 다음은 건넌방에서 어린애가 울어 못 했다. 다음은 사모님이 들락날락하고 그리고 다음엔 손님이 왔다. 기어이 문기는 입을 열지 못한 채 물러 나오고 말았다.

먼저보다 갑절 무겁고 컴컴한 마음이었다. 도저

히 문기의 약한 어깨로는 지탱하지 못할 무거운 눌림이다. 걸음은 집을 향해 가는 것이지만 반대로 마음은 멀어진다. 장차 집엘 가서 대할 숙모가 두려웠고 삼촌이 두려웠고 더욱이 점순이가 두려웠다.

어느덧 걸음은 삼거리를 건너고 있었다. 문기 등 뒤에서 아주 멀리 뺑뺑 하고 자동차 소리와 비켜라 하는 사람의 소리가 나는 듯하더니 갑자기 귀밑에서 크게 울린다. 언뜻 돌아다보니 바로 눈앞에 자동차 머리가 달려든다. 그리고 문기는 으쓱하고 높은 데서 아래로 떨어져 가는 듯싶은 감과 함께 정신을 잃고 말았다.

얼마 동안을 지났는지 모른다. 문기가 어렴풋이 눈을 떴을 때 무섭게 전등불이 밝아 눈이 부시었다. 문기는 다시 눈을 감았다. 두 번째 문기는 눈을

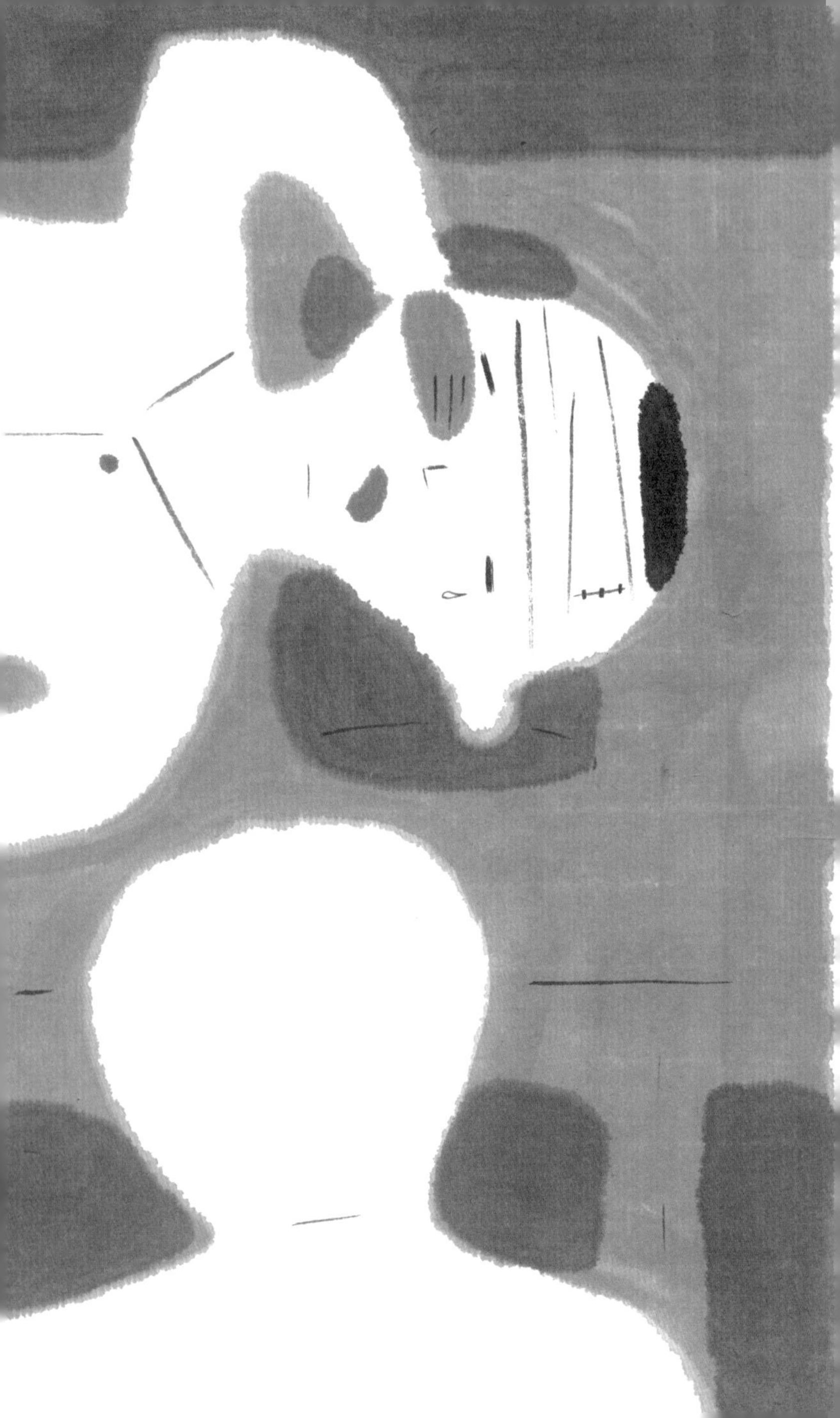

뜨자 희미하게 삼촌의 얼굴이 나타나며 그것이 차차 똑똑해지더니 삼촌은

"너 내가 누군 줄 알겠니?"

하고 웃지도 않고 내려다본다. 문기는 이것도 꿈인가 하고 한번 웃어 주려면서 그대로 맑은 정신이 났다. 문기는 병원 침대 위에 누워 있었다. 어디 아픈 데는 없으면서도 몸을 움직일 수는 없다. 삼촌은 근심스런 얼굴로 내려다본다.

"작은아버지."

하고 문기는 입을 열었다. 그리고

"저는 마땅히 받아야 할 벌을 받은 거예요."

하고 문기는 눈을 감으며 한마디 한마디 그러나 똑똑하게 처음서부터 끝까지 먼저 고깃간 주인이 일 원을 십 원으로 알고 거슬러 준 것, 그 돈을 써 버린 것, 그리고 또 붙장 안의 돈을 자기가 훔쳐 낸 것, 이렇게 하나하나 숨김없이 자백을 하자 이 때까지 겹겹으로 몸을 싸고 있던 허물이 한 꺼풀 한 꺼풀 벗어지면서 따라 마음속의 어둠도 차차 사라지며 맑아지는 것을 문기는 확실히 깨달을 수 있었다. 마음이 맑아지며 따라 몸도 가뜬해진다. 내일도 해는 뜨고 하늘은 맑아지리라. 그리고 문기는 그 하늘을 떳떳이 마음껏 쳐다볼 수 있을 것이다.

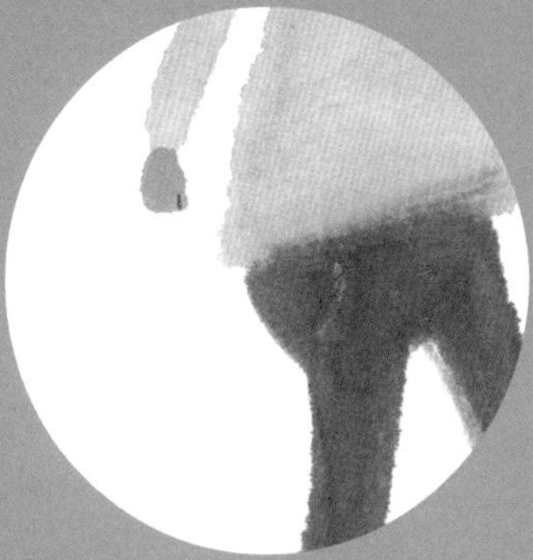

고구마

농업 실습으로 심은 고구마밭이었다. 더욱이 6학년 갑조 을조가 각기 한 고랑씩 맡아 가지고 경쟁적으로 가꾸는 그 밭 한 모퉁이 넝쿨 밑의 흙이 어지러이 헤집어지고 누구의 짓인지, 못 돼도 서너 개는 고구마를 캐냈을 성싶다.

"거 누가 그랬을까?"

하고 밭 기슭에 둘러섰는 아이들 등 뒤에서 넘어다 보고 섰던 기수가 입을 열자 "흥!" 하고 인환이는 코웃음을 웃으며 다 알고 있다는 얼굴을 한다.

"누구란 말야?"
"누구란 말야?"

하고 인환이 편으로 눈이 모이며 아이들은 제각기 한마디씩 묻는다. 인환이는 여전히 그런 웃음을 얼굴에 지으며 말이 없이 섰더니

"누구긴 누구야."

하고 퉁명스럽게 한마디 하고, 그리고 음성을 낮

추어서

"수만이지, 뭐."

"뭐, 수만이야?"

하고 기수는 의외라는 듯 눈을 크게 뜬다.

"그건 똑똑히 네 눈으로 보고 하는 말이냐?"

"보지 않아도 뻔하지, 뭐.
설마 조무래기들이 그랬을 리는 없고 우리들 중에서
그런 짓 할 애가 누구야. 수만이밖에."

"그렇지만 똑똑한 증거 없인
함부로 말할 수 없지 않아?"

그러나 인환이는 피이 하는 표정으로 입을 삐쭉 한다.

"똑똑한 증건, 남 오지 않는 아침에
일찍 학교에 오는 놈이 한 짓이지 뭐야.
어제 난 소제 당번으로 맨 나중에
돌아갈 제 보았을 땐 아무렇지도 않었는데."

하고 인환이는 틀림없이 수만이라는 듯 아주 자신 있는 얼굴을 한다. 그리고 다른 아이들도 인환이 말에 응해서 제각기들 아무도 없을 때 오는 놈이 한 짓이라고 입을 모아 말한다.

하긴 수만이는 매일 아침 교장 선생님 댁의 마당도 쓸고 물도 긷고 하고, 거기서 나는 것으로 월

사금•을 내 가는 터이라, 남보다 일찍이 학교엘 왔다. 그러나 아이들이 수만이에게 의심을 두기는 다만 아무도 없는 때 학교엘 온다는 이 까닭만이 아니다. 보다는 지나치게 가난한 그 집 형편과 헐벗은 그 주제꼴이 아이들로 하여금 말은 아니하나 까닭 모르게 이번 일과 수만이를 부합해 보게 되는 은근한 원인이 되었다.

그러나 기수만은 아니라는 뜻으로 머리를 젓는다.

"학교엘 먼저 온다는 이유만으로는 정녕
수만이가 그랬단 증거가 못 돼. 그리고 수만이는
내가 잘 알지만 그런 짓 할 애가……."

• **월사금** 다달이 내던 수업료.

하고 아니라는 말도 하기 전에 인환이는 듣기 싫다는 듯 손을 젓는다.

"수만이를 잘 알긴 누가 잘 알어?"

하고 기수 앞으로 가까이 다가서며

"그 애 집 근처에 사는 내가 잘 알겠니,
한 동네 떨어져 사는 늬가 더 잘 알겠니?"

그리고 인환이는 전에 수만이 누이동생이 남의 집 밭의 감자를 캐는 걸 자기 눈으로 보았다는 것, 또는 남의 것 몰래 훔쳐 가기로 동네에서 유명하다는 등을 말하며 수만이까지 한통으로 몰아 인환이는 얼굴에 업신여기는 표를 짓는다. 그리고

"넌 수만이 일이라면 뭐든지 덮어 주려고만 하니,
그 애가 무슨 네 집 상전이냐? 상전이라도
잘하고 못한 건 가려야지."

"뭐, 수만일 덮어 주려고 그러는 게 아냐.
잘하지 못했단 무슨 증거가 없으니까 하는 말이다.
그리고……."

하고 잠시 인환이 얼굴을 쳐다보다가, 기수는 다시 말을 이어

"네 말대루 정말 수만이 동생이 남의 집 밭의
감자를 캤을지 몰라도, 어린애니까 그러기도 예사고,
또 그걸로 오늘 수만이가 고구마를 캤다는 증거가
될 수는 없지 않느냐 말이다."

그러나 아무리 기수의 말이 경우에 옳다 하더라도, 수만이를 의심하는 아이들의 마음을 풀게 하는

힘이 되지는 못했다. 도리어 아이들은 기수가 수만이 허물을 덮어 주려고 그러는 줄 아는 모양, 아이들은 더욱 인환이 편으로 기울어 간다. 그리고 인환이가

"그럼 넌 수만이의 짓이 아니란 무슨 똑똑한 증거가 있니?"

하고 턱을 대는 데는 기수도 할 말이 없었다. 다만

"수만이 그 애의 인격을 믿고 말이다."
"인격?"

하고 여러 아이들의 비웃음을 받고 말았다.

그러나 다음 하학● 시간에도 기수는 고구마밭에 헤집어진 자리도 전처럼 매만져 놓고, 그리고 벌써 수만이의 짓이란 것이 드러나기나 한 것처럼 떠드는 아이들의 입을 삼가도록 타이르기에 힘을 쓴다.

"너희들 저렇게 떠들다가 나중에 선생님까지 아시게 되고, 그리고 아니면 어떡헐 셈이냐?"

"겁날 게 뭐야. 수만이가 아닐세 말이지."

"어떻게 넌 네 눈으로 똑똑히 본 것처럼 말하니?"

"그럼 넌 어떻게 그렇게 수만이가 아닐 걸 네 눈으로 본 것처럼 우기니?"

● **하학** 학교에서 그날의 수업을 마침.

하고 인환이와 기수는 서로 싸우기나 할 것처럼 얼굴을 붉히며 대들다가 무춤하고 물러선다. 바로 당자인 수만이가 이쪽을 향하고 온다.

아이들은 일시에 조용해졌다. 수만이는 한 손에 찻주전자를 들고 그편으로 고개를 기우듬 땅만 보며 교장 선생님 댁에서 나온다. 그 걸음이 밭 가까이 이르러 아이들 옆을 지나치게 되자, 겨우 얼굴을 들어 어색한 웃음을 지어 보이고는 지나간다. 아이들의 가득하게 의심을 품은 여러 눈은 수만이 한 몸에 모여 아래위를 훑어본다. 그 한편 양복 주머니가 유난히 불룩하다. 겉으로 드러난 것만 보아도 고구마나 거기 가까운 것이 들어 있을 성싶다.

밭두둑을 올라 교실을 향해 가는 수만이 등 뒤를 노려보고 있던 인환이는 갑자기 소리를 친다.

"수만이 너, 주머니에 든 게 뭐야?"

"뭐 말야."

"양복 주머니의 불룩한 것 말이다."

"뭐."

하고 주머니를 굽어보며

"운동모자다."

그러나 운동모자가 아닌 것은 갑자기 얼굴빛이 붉어지는 것이며, 끔찍이 당황해하는 것으로 넉넉히 알 수 있다. 그리고 걸음을 빨리 교실 모퉁이를 돌아가는 등 뒤를 향해 인환이는

"먹을 것이거든 나두 좀 주렴."

그리고 또

"그 고구마 혼자만 먹을 테야?"

하고 소리친다. 수만이는 못 들은 척 대꾸도 없이 피해 달아나듯 뒤도 안 돌아본다.

아이들은 다시 왁자하고 제각기 입을 열어 떠든다.

"틀림없는 고구마지."
"고구마 아니면 뭐야."
"멀쩡하게 고구마를 운동모자라지."

그리고 인환이는 신이 나서

"내 말이 어때. 수만이래지 않었어."

하고 기수를 향해 오금을 주듯 말한다. 그러나 기수는 이번에도 머리를 젓는다.

"설마 고구마라면 그걸 양복 주머니에
넣구 다니겠니? 생각해 봐라."
"그럼, 운동모자란 말야?"
"정말 운동모잔지도 모르지."
"운동모자가 그렇게 퉁퉁해?"
"그야 운동모자도 들고
다른 것도 들었으면 그렇지 뭐."

"그렇지, 암 운동모자도 들고
고구마도 들고 말이지."

하고 인환이는 빈정거린다. 끝끝내 기수는 말을 하면 할수록 도리어 아이들로 하여금 더욱 수만이를 의심하게 하는 도움이 되게 하고 말았다.

그리고 그다음 운동장에서 수만이를 만나서 기수 자기 역 얼마큼 수만이를 의심하는 눈으로 고쳐 보지 않을 수 없었다. 교실 모퉁이를 돌아 나오는 수만이 얼굴이 마주치자, 기수는 먼저 수만이 양복 주머니로 갔다. 그리고 기수는 다시금 눈을 크게 떴다.

아까는 통통하던 그 호주머니가 홀쭉해졌다. 그 안에 들었던 걸 꺼낸 모양. 그리고 또 좀 이상한 것은 운동모자 같은 것을 넣었다 꺼냈다면 그다지 어색해할 것이 없을 텐데, 기수의 눈이 자기 호주머니로 가는 것을 알자 수만이는 아주 계면쩍어하며 어색하게도 그 호주머니에 두 손을 찌르고 기수 옆에 와서 모로 선다.

두 소년은 한동안 말이 없이 땅만 내려다보고 섰다. 마침내 기수는 망설이던 입을 열었다.

"너 혹 고구마밭에
누가 손을 댔는지 알겠니?"

"왜?"

하고 수만이는 그걸 왜 내게 묻느냐는 듯한 얼굴을 들더니

"난 몰라."

하고 다시 얼굴을 돌린다.

"누가 서너 개나 캐낸 흔적이 났으니 말야."

수만이는 고개를 숙인 채 아무 대꾸가 없다. 기수는 다시

"거 누가 그랬을까?"

혼잣말처럼 하고 슬슬 수만이 눈치를 살핀다.

수만이는 여전히 고개를 숙이고 묵묵히 섰다. 차츰 기수는 어떤 의심을 두고 그 수만이 아래위를

흘끔흘끔 본다. 낡고 찌든 양복 주머니에 손을 찌르고 수그린 머리, 약간 찌푸린 미간. 그 언젠가 수만이 누이동생이 남의 고추를 캐다 들키고 주인 앞에 고개를 숙이고 섰던 그 모양과 지금 수만이에게서도 같은 것을 느끼며 기수는

'아무리 집안이 가난하기로
사람이 어쩌면 이처럼 변한단 말이냐.'

하고 자못 업신여겨 보기도 한다.

수만이 아버지가 살아 있고 집안이 넉넉하였을 적 수만이는 퍽 쾌활하고 명랑한 아이였었다. 공부도 잘하고 그리고 기수와도 무척 친하게 지냈다. 그러던 아이가 자기 아버지가 다니던 회사에서 나

오게 되고, 그리고 그 진티•로 병을 얻어 돌아가시자 갑자기 집안이 어려워져 수만이 어머니는 남의 집 삯바느질이며 부엌일까지 하게 되고, 수만이는 차츰 사람이 달라 갔다. 몸에 입은 주제가 남루해지며 따라 풀이 죽어 활기가 없고, 남과 사귀기를 싫어하고 혼자 떨어져 담 밑 같은 데 앉아 생각에 잠기고 하는 사람이 되어 갔다. 그러나 기수만은 전과 다름없이 가까이 대하려 하나 역시 수만이는 벙어리가 된 듯 언제든 다문 입을 열려 하지 않는다.

그래도 지금 자기 옆에 고개를 숙이고 섰는 수만이를 대하고 볼 때 기수는 업신여김이나 미움은

• **진티** 일이 잘못되어 가는 빌미나 원인.

잠시고 보다 가엾은 동정이 앞을 섰다. 그래 넌지시 지금 남들이 고구마 일설•로 너를 의심하는 중이니 조심하라고 일러 주고 싶으면서 어떻게 말을 할지 몰라 주저하고 있는데, 마침 인환이를 선두로 여러 아이들이 우르르 몰려왔다.

수만이를 가운데 두고 아이들은 주르르 둘러선다. 잠시 수만이 아래위만 훑어보고 섰더니 인환이는 말을 건다.

"너 혹시 고구마 누가 캤는지 알겠니?"

"어딨는 거 말이냐."

"저 농업 실습 밭의 것 말이다."

• **일설** 하나의 주장.

"난 그런 것 지키는 사람이냐? 못 봤다."

"아니, 넌 남보다 일찍이 학교엘 오니 말이다."

수만이는 더는 입을 열지 않고 외면을 한다. 그 성난 듯한 말 없는 얼굴을 인환이는 흘끔흘끔 곁눈질해 보고 섰더니, 갑자기 옆에 섰는 한 아이의 양복 주머니를 가리키며

"너 인마, 그 속에 든 게 뭐야?"

"뭐긴 뭐야, 운동모자지."

"운동모자가 그렇게 퉁퉁해.

고구마 아니냐?"

아마 그 아이는 인환이가 정말로 그러는 줄 아

는 모양, 주머니 속에서 운동모자를 꺼내 털어 보인다.

"자, 이것밖에 더 있어?"

그러나 인환이는 그걸 날래게 툭 차 쳐들고

"이게 운동모자야? 고구마지.
아, 멀쩡하다."

그리고 또 한 아이가 인환이 손에서 그 운동모자를 가로차 들고

"고구마, 나두 좀 먹자. 너만 먹니?"

하고 그걸 고구마처럼 먹는 시늉을 하며 가지고 달아난다. 그 뒤를 모자 임자가 쫓아 따라가고 잡힐 듯하게 되면 또 다른 아이에게 던져 주고, 그걸 받은 아이가 또

"아, 그 고구마 맛있다."

하고 맛있는 시늉으로 달아나고 이렇게 모자 임자를 가운데 두고 머리 너머로 던지고 받고 하더니, 인환이 손에 들어가자 그걸 수만이에게 던져 주며

"옜다, 너두 좀 먹어 봐라."

그러나 수만이는 어깨 위에 떨어지는 모자를 못

마땅한 듯 "쳇!" 하고 혀끝을 차며 땅바닥에 집어 버리고는 어슬렁어슬렁 자리를 피해 간다. 그 등 뒤를 향하고 연해 운동모자가 날아간다.

"옜다, 고구마 너두 좀 먹어 봐라."
"옜다, 고구마 너두 좀 먹어 봐라."

하고 제각기 떠들며 수만이 뒤를 따라간다. 그 꼴을 보다 못해 기수는 선두로 선 인환이 앞을 가로막았다. 그리고 수만이가 듣는 앞에서 소리를 크게

"너희들 가만있는 사람 왜 지근덕거리니?"

그리고 음성을 낮추어

"아, 글쎄 왜들 떠드니? 증거도 없이."

그러나 인환이는 눈을 부릅뜬다.

"증거가 왜 없어?"

하고 바로 수만이 뒤 책상에 앉은 아이를 이끌어 세우며

"증거는 이 애한테 물어봐라."

하고 득의양양한 얼굴을 한다. 그 아이 말인즉, 수

만이 책상 속에 고구마 같은 것이 있는 걸 책상 뚜껑을 열 때마다 보았다는 것이다. 그러나 기수는

"그게 정말 고구마라면 어디다 못 둬서
책상 속에다 두겠니? 고구마 아니다. 아냐."
"책상 속에 못 둘 건 어딨어.
도리어 다른 데 두는 거보다 안전하지."

그래도 기수는 아니라고 머리를 저으니까, 그럼 정말 그건가 아닌가 가서 밝히자고 인환이는 기수의 팔을 잡아끈다. 수만이는 건너편 담 밑에서 양복 주머니에 손을 찌른 그 모양으로 오락가락하며 흘금흘끔 이편을 본다. 그 수만이가 보는 데서 기수는 그의 책상 뚜껑을 열어 보러 갈 수는 없었다.

인환이에게 팔을 잡아끌리며 주춤주춤하는데, 마침 상학종● 이 울었다.

그리고 그다음 점심시간이었다. 아이들은 각기 책상 뚜껑을 열고 벤또를 꺼낸다. 수만이도 책상 뚜껑을 열었다. 그러나 그가 끄집어낸 것은 벤또가 아니다. 남이 볼까 두려워하는 듯 한 번 좌우를 살피고는 검정 책보 밑에서 넌지시 한 덩이 고구마 같은 걸 꺼내 양복 주머니에 넣고는 슬며시 일어난다. 그걸 수만이 뒤에 앉은 아이가 보고 재빨리 인환이에게 눈짓을 한다. 그리고 인환이는 기수에게 또 눈짓을 하고 수만이는 태연히 일어서 교실 밖으로 나간다. 그가 낭하● 로 내려서자 인환이가 뒤를

● **상학종** 학교에서 그날의 공부 시작을 알리는 종.
● **낭하** 복도.

쫓아 나간다. 그리고 그 뒤를 또 기수 또 누구누구 몇 아이도 따르고.

수만이는 소사●실 뒤 언덕으로 올라간다. 그를 멀찍이 두고 아이들은 하나둘 뒤를 밟아 간다. 언덕을 올라서 다복솔●밭 사이를 한참 가더니, 수만이는 버드나무 앞에 이르러 두리번두리번 사방을 돌아보고 그 밑에 앉는다. 언덕 이쪽 편 풀섶 사이에 엎드려 거동을 살피는 기수 눈에 돌아앉은 수만이가 무릎 사이에 들고 앉아 먹기 시작한 그것이 정녕 고구마였다. 기수는 자기 눈을 의심할 만큼 놀랐다. 그리고 알 수 없는 노여움에 몸이 떨린다. 그 수만이의 모양이 짝 없이 추하고 밉다. 기수

● **소사** 관청이나 학교 따위에서 잔심부름을 하는 사람.
● **다복솔** 가지가 탐스럽게 퍼진 어린 소나무.

는 자기가 먼저 앞장을 서 나갔다. 그리고 등 뒤에 가까이 이르러

"너 거기서 먹는 게 뭐냐?"

하고 갑자기 소리치자 수만이는 깜짝 놀라 무춤하더니, 얼른 먹던 걸 호주머니에 감추고 입 안에 씹던 걸 볼에 문 그대로 고개를 돌린다. 그리고 기수와 인환이 또 여러 아이들의 얼굴을 보자 다시금 놀란다.

기수는 엄한 얼굴로 그 앞에 한 발짝 다가선다.

"너 지금 먹던 거 이리 내놔라."

"……."

"먹던 거 이리 내놔."

수만이는 눈을 끔벅 입 안의 걸 삼키고

"대체 뭐 말이냐."
"인마, 저 호주머니에 감춘 거 말야."

하고 인환이가 소리를 친다.

"아무리 먹고 싶어두 인마,
농업 실습으로 심은 고구말 캐 먹어?"
"뭐, 내가 언제 고구말 캐 먹었어?"
"그럼, 저 호주머니에 감춘 건 뭐야?"
"……."

"호주머니에 감춘 건 뭐야?"

"남의 호주머니에 든 게 뭐든 알아 뭐 해."

"남의 호주머니?"

하고 인환이는 어이없다는 듯 한 번 웃고

"그 속에 우리가 도둑맞은 물건이 들었으니까
허는 말이다."

"내가 대체 뭘 훔쳤단 말야, 멀쩡한 사람을……."

"뭘 훔쳐? 고구마 말이다, 고구마."

"고구말 내가 훔치는 걸 네 눈으로 봤어?"

"그럼, 저 호주머니에 감춘 건 뭐야."

"……."

"호주머니에 감춘 거 냉큼 못 내놓겠니?"

"……."

"아, 못 내놓겠어?"

수만이는 여전히 입을 봉하고 섰더니, 갑자기 한 마디로 딱 끊어서

"못 내놓겠다."

그리고 할 대로 해라 하는 태도로 양복 주머니를 두 손으로 움켜쥔다. 인환이는 좌우로 눈을 찡긋찡긋 군호●를 하더니 불시에 수만이에게로 달려들어 등 뒤로 허리를 껴안는다. 그리고 우우 대들어 팔을 붙잡고, 다리를 붙잡고, 그래도 몸을 빼치려

● **군호** 서로 눈짓이나 말 따위로 몰래 연락함.

가만있지 않는 수만이 호주머니에 기수는 손을 넣었다. 그리고 수만이는 최후의 힘으로 붙잡힌 팔을 빼치자, 동시에 기수는 호주머니 속에 든 걸 끄집어내었다. 그러나 눈앞에 나타난 것은 딱딱하게 마른 눌은밥, 눌은밥 한 덩이였다. 묻지 않아도 수만이 어머니가 남의 집 부엌일을 해 주고 얻어 온 것이리라. 수만이는 무한 남부끄러움에 취해 고개를 들지 못하고 섰다. 그러나 그 수만이보다 갑절 부끄럽기는 인환이였다. 아이들이었다. 기수 자신이었다. 손에 든 한 덩이 눌은밥을 그대로 어찌할 줄을 몰라 멍하니 섰더니, 그걸 두 손으로 수만이 손에 쥐여 주며 다만 한마디 입 안의 소리를 외고 그 앞에 깊이 머리를 숙인다.

“용서해라.”

소설의
첫 만남 11

하늘은 맑건만

초판 1쇄 발행 | 2018년 7월 27일
초판 14쇄 발행 | 2024년 6월 3일

지은이 | 현덕
그린이 | 이지연
펴낸이 | 염종선
책임편집 | 김영선
펴낸곳 | (주)창비
등록 | 1986년 8월 5일 제85호
주소 | 10881 경기도 파주시 회동길 184
전화 | 031-955-3333
팩시밀리 | 영업 031-955-3399 편집 031-955-3400
홈페이지 | www.changbi.com
전자우편 | ya@changbi.com

ISBN 978-89-364-5877-5 44810
ISBN 978-89-364-5968-0 (세트)